AF378025

# HISTOIRE DE LA FÉLICITÉ

## Conte libertin et moral

Écrit par
Claude-Henri
de Fusée de Voisenon

# Histoire de la Félicité

La Félicité est un être qui fait mouvoir tout l'univers ; les poètes la chantent, les philosophes la définissent, les petits la cherchent bassement chez les grands, les grands l'envient aux petits, les jeunes gens la défigurent, les vieillards en parlent souvent, sans l'avoir connue ; les hommes, pour l'obtenir, croient devoir la brusquer ; les femmes, qui ordinairement ont le cœur bon, essaient de se l'assurer en tâchant de la procurer, l'homme timide la rebute, le téméraire la révolte, les prudes la voient sans pouvoir la joindre, les coquettes la laissent sans la voir ; tout le monde la nomme, la désire, la cherche ; presque personne ne la trouve, presque personne n'en jouit ; elle existe pourtant, chacun la porte dans son cœur et ne l'aperçoit que dans les objets étrangers. Plus on s'écarte de soi-même, plus on s'écarte du bonheur : c'est ce que je vais prouver par l'histoire d'un père et d'une mère, qui, revenus de leurs erreurs, en firent le récit à leurs enfants, et sacrifièrent leur amour-propre au désir de les instruire.

Thémidore et Zélamire étaient deux époux qui s'étaient mariés par convenance, s'étaient estimés sans s'aimer, et en avaient aimé d'autres sans les estimer. Ils avaient eu des enfants, par amour pour leur nom, s'étaient ensuite négligés par dissipation, et s'étaient fait des infidélités réciproques ; le mari par air et par mode, la femme par vanité et par vengeance.

L'âge les rassembla ; ils reconnurent leurs erreurs en cessant de les faire aimer aux autres ; l'amour-propre leur avait donné des faiblesses, l'amour-propre les en avait corrigés : ils avaient cherché le monde pour y trouver des louanges, ils l'avaient quitté pour éviter des ridicules ; ils s'étaient désunis par ennui, et s'étaient réunis par ressource.

Ils formèrent tous deux le même projet sans se le communiquer, c'était de faire tourner leurs fautes au profit de leurs enfants. Thémidore voulut raconter ses aventures à son fils Alcipe, pour lui faire connaître les écueils du monde. Zélamire voulut faire part des siennes à sa fille Aldine, pour lui en faire éviter les dangers.

C'est, je crois, la meilleure façon d'instruire des enfants. Il y a apparence qu'elle devint à la mode, car les jeunes gens ne font sans doute tant de sottises que pour amasser des matériaux pour la perfection de leurs descendants.

Voici le récit de Thémidore à son fils.

# Histoire de Thémidore

Depuis longtemps, Alcipe, je désire de vous ouvrir mon cœur, et de vous marquer ma confiance, bien moins en vous donnant des conseils, qu'en vous découvrant mes fautes ; vous oublieriez les uns, vous retiendriez les autres ; des préceptes sont plus difficiles à suivre, que des défauts à éviter : un modèle de vertu fait souvent moins d'impression qu'un modèle d'imprudence.

J'ai été jeune : mon père, qui était plus rigide qu'éclairé, me donna une éducation dure et me dégoûta de la raison, en me l'offrant avec trop de sévérité ; il intimida mon esprit au lieu de l'éclairer, et dessécha mon cœur à force de réprimandes, au lieu de le nourrir et de le former par la douceur.

Les premières leçons qu'on donne aux enfants doivent toujours porter le caractère du sentiment ; l'intelligence du cœur est plus prématurée que celle de l'esprit ; on aime avant que de raisonner, c'est la confiance qu'on inspire qui fait le fruit des instructions qu'on donne.

Mon père n'en usa pas ainsi. Le titre de père me donna plutôt une idée de crainte que de tendresse, la contrainte où j'étais me fit prendre un air gauche qui ne me réussit pas ; quand je débutai dans le monde, mes raisonnements étaient assez justes, mais dépouillés de grâces, et bien souvent la bonne compagnie ne juge de la solitude de l'esprit que par son agrément.

Mon père m'avait présenté dans quelques maisons, et m'avait répété bien des fois que le point essentiel pour réussir était d'être complaisant ; mais pour l'être, sans passer pour un sot, il faut de l'usage du monde dans celui qui a de la complaisance, et du discernement dans ceux qui en sont les objets ; il faut qu'on sache gré à quelqu'un de se prêter aux goûts différents des sociétés, et l'on ne peut pas lui en savoir gré qu'on ne lui en suppose de contraires qu'il sacrifie : vous êtes assez payé de vous plier à la volonté d'autrui, lorsqu'on est persuadé que vous pouvez en avoir une à vous.

Mon esprit était trop intimidé pour me faire sentir cette distinction, les gens chez qui j'étais reçu étaient trop bornés pour l'apercevoir ; j'y allais tous les jours faire des révérences en homme emprunté, des compliments en homme sot, et des parties d'ombre en homme dupe. En un mot, je les ennuyais avec toute la complaisance possible, ils me le rendaient avec toute la reconnaissance imaginable.

Ce genre de vie me déplaisait fort, lorsqu'un jour de grande assemblée je crus, au milieu de trente visages hétéroclites, découvrir une femme qui, sans tirer à conséquence pour le lieu où elle était, avait une figure humaine ; je la regardai, elle le remarqua ; je rougis, elle s'approcha, je n'ai jamais été si em-barrassé ni s flatté ; elle avait bien cinquante ans, mais je n'en avais que vingt ; ainsi elle était jeune. La conversation s'anima, c'est-à-dire, elle parla beaucoup, et je répondis fort peu ; mais comme toutes mes monosyllabes servaient de liaison à ses phrases, cela pouvait s'appeler une conversation. Je me souviens qu'elle me fit des avances très marquées. Je lui trouvai de la raison, elle en fut flattée parce qu'elle en manquait. J'eus le secret en peu de mots de dire plusieurs sottises ; elle loua mon esprit ; j'en fus enchanté parce que personne ne m'en trouvait. L'amour-propre noua nos chaînes, il en forme bien plus que la sympathie ; et voilà pourquoi elles durent si peu, c'est qu'on cesse de se flatter à mesure qu'on se connaît, et les liens se relâchent à mesure qu'on néglige le principe qui les a serrés.

J'eus la hardiesse le troisième jour de lui offrir la main pour la ramener chez elle ; elle l'accepta, et je fus saisi de crainte dès l'antichambre. C'était mon premier tête-à-tête ; cela me paraissait une affaire décisive pour ma réputation ; je n'avais jamais rien à dire, et je voulais toujours parler ; je cherchais au loin des sujets de conversation, et je ne prenais point le style de la chose ; j'étais fort respectueux, parce que je ne connaissais pas son caractère ; elle était fort prévenante, parce qu'elle connaissait le mien.

Enfin, après plusieurs propos vagues et forcés, qui marquent plus la disette d'esprit que le silence, nous arrivâmes à sa porte ; je prenais déjà congé d'elle lorsqu'elle me dit que l'usage du monde exigeait que je la conduisisse jusqu'à son appartement.

— Madame, lui répondis-je très spirituellement, je n'osais prendre cette liberté-là.

— Ah, vous le pouvez, monsieur, poursuivit-elle ; je ne crains point les jeunes gens.

— Madame, répartis-je un peu décontenancé, vous êtes bien polie.

En entrant dans sa chambre elle se jeta sur un sofa et me dit :

— J'en use librement avec vous, mais je compte sur votre amitié.

— Vous avez raison, madame, lui dis-je, je serais fâché de vous importuner.

— Quel âge avez vous ? dit-elle.

— Vingt ans, lui répondis-je.

— Ah ! Bon Dieu, qu'il fait chaud aujourd'hui ! reprit-elle.

— Madame, lui dis-je aussitôt, si vous voulez, je vais ouvrir la porte.

— Gardez-vous-en bien, répliqua-t-elle, il n'y a rien de si malsain ; vous n'avez que vingt ans, dites-vous ? En vérité vous êtes bien avancé pour votre âge.

— Ah ! Madame, lui répondis-je, vous avez la bonté de dire cela parce qu'il y a longtemps que vous êtes amie de ma mère.

— Mais voilà précisément ce qui n'est point, s'écria-t-elle avec aigreur, nos âges sont si différents !

Je ne l'en estime pas moins cependant. Et dites-moi, je vous prie, êtes-vous fort répandu ? Avez-vous beaucoup de connaissances ?

— Je vais tous les jours dans la maison où j'ai eu le bonheur de vous rencontrer.

— C'est bien fait, dit-elle, ce sont de si bonnes gens ; il est vrai qu'ils ne sont pas excessivement amusants, mais en vérité leur commerce est sûr ; je m'en accommode assez, car je hais tant la jeunesse ; j'entends par la jeunesse, tous ces petits messieurs que les femmes gâtent si bien, et je ne sais pas ce qui leur en revient ; car ils sont la plupart si sots dans le tête-à-tête, et si avantageux en compagnie ; je vous distingue beaucoup au moins, en vous recevant seul.

— Madame, assurément, lui dis-je, je n'en abuserai pas.

— Je le vois bien, reprit-elle ; je suis assurée qu'il n'y a pas un jeune homme qui, à votre place, n'eût déjà été impertinent ; mais je dis fort impertinent.

— Je serais bien fâché, repris-je, que cela m'arrivât.

— Je ne suis point bégueule, continua-t-elle, et je n'exige pas qu'on soit toujours avec moi prosterné dans le respect : pourvu qu'on ne me manque point, voilà tout ce que je demande. Dites-moi, mon cher ami, n'avez-vous jamais été amoureux ?

— Non, madame, lui répondis-je, car mon père ne veut me marier que dans deux ans.

— Assurément, dit-elle, il doit être bien content d'avoir un fils aussi formé que vous l'êtes. Cependant, poursuivit-elle, je ne verrais pas un grand inconvénient que vous vous prissiez d'inclination pour quelque femme, pourvu que ce ne fût point pour quelque tête évaporée, qui, au lieu de vous former le cœur, vous prouvât que l'on peut s'en passer.

— Ah ! Que je m'en garderai bien, lui dis-je, cela nuirait à mon établissement, et ces choses-là sont contre l'honnête homme.

— Mon cher enfant, répondit-elle, j'ai une grande vénération pour votre probité, mais il est tard, soupez avec moi.

— Je ne le puis pas, madame, repris-je ; mon cher père et ma chère mère seraient trop inquiets.

« Eh bien, allez-vous-en donc, dit-elle avec un air impatienté. »

Je lui obéis, et je sortis fort content de ma personne : j'aurais cru m'en être bien tiré si quelque temps après on ne m'avait pas dit qu'elle me faisait passer pour un sot.

À force d'aller dans le monde, j'en pris insensiblement les usages, à force d'entendre des sottises je me déshabituai d'en dire ; mais à force d'aller avec des gens qui en faisaient je ne pus m'en dispenser d'en faire. De l'extrême simplicité je passai à l'extrême étourderie. Ces deux excès opposés se touchent, c'est le défaut de réflexion qui les produit tous deux : on ne s'en garantit qu'en s'accoutumant à penser ; mais c'est un parti que tout le monde ne peut pas prendre. Je remarquai que chacun vantait le bonheur et se plaignait du malheur ; je ne concevais pas pourquoi on avait la maladresse de trouver l'un plutôt que l'autre, et je n'avais pas encore assez de raison pour sentir que les routes qu'on prend pour arriver au bonheur sont presque toujours celles qui vous en éloignent ; je crus en savoir plus que les autres, et j'imaginai, comme tous les gens de mon âge, que la suprême félicité était d'être homme à bonnes fortunes.

Ainsi, avec de l'étude et une sérieuse attention sur moi-même, j'acquis en peu de temps tous les ridicules nécessaires pour mériter ce titre ; j'eus beaucoup de respect pour moi, et beaucoup de mépris pour les femmes. Voilà le premier pas pour faire son chemin auprès d'elles ; je fis des agaceries avec une impertinence qui faisait voir combien je me croyais de grâces ; je me louai avec une confiance qui persuadait presque les sots de mon mérite, et j'eus des prétentions avec une effronterie qui fit croire que j'avais des droits.

En un mot, je me donnai un maintien capable de déshonorer vingt femmes ; c'était un talent marqué dans un homme qui avait été aussi neuf que moi, aussi m'admirais-je perpétuellement ; car un sot est bien plus content de devenir un fat, qu'un homme d'esprit de devenir un homme de bon sens. Je manquai de respect à beaucoup de femmes, plusieurs s'en offensèrent sans que je m'en affligeasse, plusieurs m'écoutèrent sans que je m'en souciasse ; je fus très souvent téméraire, et quelquefois heureux : je séduisis des prudes en louant leur vertu, des coquettes en feignant de ne pas admirer leurs charmes, et les dévotes en déchirant tout l'univers.

Mais je gardai toutes ces conquêtes aussi peu de temps qu'elles m'en avaient coûté ; le caprice me dégoûta des premières ; la légèreté m'enleva les secondes ; la fausseté me révolta contre les troisièmes ; ainsi ce bonheur prétendu que j'envisageais s'évanouissait toutes les fois que je croyais le posséder.

J'ai remarqué souvent que tous les faux bonheurs ont un point de vue, comme certains tableaux dont les beautés diminuent et disparaissent à mesure qu'on en approche.

Je m'étais cependant fait une réputation qui contribua à mon établissement : car qu'un jeune homme soit à la mode, il passe pour être aimable, et pour lors on ne s'informe pas s'il est raisonnable. On proposa à mon père un parti convenable, c'est-à-dire une fille riche ; j'acceptai la proposition ; l'entrevue se fit, la personne avait passé sa vie au couvent, elle me trouva admirable : on me fit jouer avec elle ; à peine ouvrit-elle la bouche pour nommer les couleurs, je lui trouvai beaucoup d'esprit et je me crus certain de son bon caractère. Après avoir pris des précautions aussi sages pour le bonheur de l'un et de l'autre, on nous maria ; et la troisième fois que nous nous vîmes, on nous fit honnêtement coucher ensemble en présence de trente ou quarante parents qui ne devaient jamais devenir nos amis. Le lendemain, ces messieurs s'égayèrent à nos dépens, avec cette légèreté lourde et gauche de gens qui sont dans l'habitude d'être plaisantés, et qui sont insupportables lorsqu'une fois dans leur vie ils se croient obligés d'être plaisants. Ma femme soutint leur mauvais propos sans se déconcerter, le plus fort était fait. Je vous avoue que le mariage, quoique fort respectable, m'a toujours paru un tant soit peu indécent : on oblige une fille de recevoir publiquement dans son lit quelqu'un qu'elle ne connaît pas, et elle est déshonorée d'y recevoir en secret quelqu'un qu'elle adore : que l'homme est étonnant ! Sa tête est un amas d'inconséquences, et cependant on l'appelle un être raisonnable, ce n'est assurément qu'un titre de convention. Zélamire et moi nous vécûmes assez bien ensemble pendant deux ans : elle parlait peu, je lui répondais encore moins, je croyais que la taciturnité faisait partie de la dignité d'un mari. Plus d'un ami me dit que ma femme avait de l'esprit, je leur dis pour leur marquer ma reconnaissance, que la leur avait le cœur tendre. Notre intelligence entre Zélamire et moi ne dura pas longtemps ; nos goûts, nos caractères, nos connaissances différaient en tout. Nous passions notre vie en petites contradictions qui jettent plus d'amertume dans le commerce que des torts décidés ; nous fûmes assez heureux pour perdre patience, assez sincères pour nous le dire, et assez sages pour nous séparer sans éclat, sans donner de scènes au public. Nous nous quittâmes comme deux époux qui se dé-testent sans manquer au respect qu'ils se doivent. Ma femme se retira dans une de ses terres, à ce qu'elle me dit, et moi je me livrai plus que jamais au monde.

Enfin, après avoir éprouvé l'erreur de la dissipation et l'abus des bonnes fortunes, pour parvenir à la félicité, je crus l'envisager dans les honneurs, et je devins ambitieux. Vous voyez, mon fils, que je ne me fais pas grâce d'un seul de mes défauts, pour vous les faire éviter tous. Je ne savais pas quels chagrins je me ménageais ; la montagne des honneurs est bien escarpée, il faut ou trop de mérite, ou trop de mauvaise qualité pour y arriver ; mais on est aveugle sur soi-même, et parce que j'avais eu assez de talents pour faire le malheur de quelques femmes, je m'en croyais assez pour faire le bonheur d'un État ; je formai des brigues, j'intéressai pour moi plusieurs personnes que je méprisais, et qui ne m'estimaient pas. Je les éblouis à forces de promesses, je leur fis entrevoir une protection chimérique pour en obtenir une réelle. Enfin j'eus la place d'un homme estimé, mais je ne la possédai qu'autant de temps qu'il m'en fallut pour faire voir mon incapacité et mon ingratitude. L'injustice m'avait élevé, l'équité me déplaça ; je me retirai rempli de haine pour les grandeurs et pour les hommes ; mais désespéré de sentir que je n'en pouvais pas être regretté : on souffre bien plus des sentiments qu'on inspire que de ceux qu'on reçoit ; rien n'est si humiliant que de ne pouvoir pas être estimé de ceux qu'on a droit de mépriser ; un ambitieux permet le mépris, pourvu qu'il soit élevé, un homme déplacé soutient le malheur pourvu qu'il ne soit pas méprisé. J'allais mourir de chagrin d'avoir perdu un poste qui m'aurait fait mourir d'ennui, lorsque je rencontrai un sage qui dissipa mes ténèbres, et qui me montra le bonheur en me prouvant que jusqu'alors je n'avais fait que de changer de malheur. Il s'était comme moi instruit à ses dépens. C'était un homme d'une ancienne noblesse ; il avait passé sa jeunesse avec des femmes, l'ambition l'en avait détaché et l'avait lié avec des hommes faux ; la raison l'avait corrigé de ce dernier travers, et l'avait déterminé à vivre à la campagne. Il avait d'abord été un agréable, ensuite un homme de cour, et il avait voulu finir en honnête homme. Je me liai intimement avec lui, sa probité gagna mon cœur, et sa sagesse éclaira mon esprit.

Mon ami, me dit-il un jour, j'ai payé ainsi que vous le tribut aux fausses opinions ; j'ai cherché la félicité parmi toutes les erreurs, et je ne l'ai trouvée qu'après en avoir abandonné la recherche. Lassé du monde que j'habitais, je voulais être sous un autre ciel, sous un ciel où les âmes fussent aussi pures que l'air qu'on respire ; je me retirai ici, c'est le domicile de mes pères ; j'y vis avec mes voisins ; je leur découvre des vertus dont je fais souvent mon profit, et je ne leur trouve que des défauts communs, des défauts de province, des défauts qui tombent trop dans le petit, pour germer un seul instant dans un homme qui pense.

J'oublie le monde, c'est un parti plus sûr et plus honnête que de déclamer contre, et j'éprouve que le seul moyen de devenir heureux est d'être philosophe.

— Philosophe ! m'écriai-je, cela me paraît bien ennuyeux.

— Je vois bien, reprit-il, que vous ignorez ce que c'est qu'un philosophe ; la philosophie conduit toujours au vrai bonheur, lorsqu'on se garantit de l'amour-propre. Cette philosophie n'est point une vertu âpre, telle qu'on se la représente, qui prend la causticité pour la justesse, l'humeur pour la raison, et le dédain pour un sentiment noble. La philosophie dont je parle est une vertu douce qui craint le vice, et qui plaint les vicieux ; qui, sans le moindre étalage, pratique exactement le bien, qui fait distinguer une faiblesse d'avec le sentiment, qui chérit, qui respecte tout ce qui serre les nœuds de la socié-té, qui établit une parfaite égalité dans le monde, qui n'admet de prééminence que celle que donnent les qualités de l'âme, qui, loin de haïr les hommes, les prévient, les soulage, leur fait connaître les charmes de l'amitié par le plaisir de l'exercer, et qui tâche d'enchaîner tous les liens de l'amour et de la reconnaissance.

— Ah ! lui dis-je avec transport, c'est vous seul que je prends pour mon guide ; je sens que je serais heureux si je ressemblais au portrait que vous venez de faire ; je ne m'étonne pas qu'il y ait si peu de vrais sages, il est plus facile de mépriser les hommes que de les soulager.

Mais, continuai-je, avez-vous pu trouver ici quelqu'un digne de votre société ? La vertu, pour s'entretenir, a besoin de se communiquer.

— Je me flatte, répondit mon philosophe, d'avoir une amie respectable ; c'est une femme retirée à une lieue d'ici dans l'abbaye de *** ; elle a vécu dans la dissipation ; sa tête lui a fait commettre plus de fautes que son cœur ; elle a connu trop de monde différent pour s'être acquis des amis ; elle s'est trop livrée au tourbillon pour avoir eu le temps de s'attacher des amants, presque tous les jours ont été marqués par de fausses démarches ; ses étourderies ont paru des faiblesses, le printemps de son âge s'est passé, la vivacité de son imagination s'est ralentie, elle s'est dégoûtée des plaisirs, elle a commencé à réfléchir ; elle a connu qu'elle avait fait tort à sa réputation, sans avoir fait subir d'épreuves à sa vertu ; et, en découvrant l'abus du monde, elle est venue sentir et goûter le prix de la retraite ; j'en partage toutes les douceurs avec elle ; je vais souvent la voir, je lui développe toutes mes pensées, elle me confie les siennes ; nous éprouvons que la véritable amitié, l'amitié délicate, l'amitié tendre et attentive ne peut guère subsister qu'entre deux personnes d'un sexe différent, qui sont parvenus à l'âge de mépriser l'amour. Ce que l'on doit aux femmes multiplie les égards, détruit les inconvénients de l'égalité, émousse les pointes de l'envie, rend les nuances de la sensibilité plus douces, et devient le principe d'une confiance plus liante et plus intime.

Ce discours alla jusqu'au fond de mon âme ; il me rappela l'image de Zélamire :

— Ne pourriez-vous pas, dis-je d'un air attendri, me faire connaître une femme si estimable ? Vous allez souvent à l'abbaye de ***, j'y dois faire une visite à une dame nommée Elmasie.

— Elmasie répondit mon ami, d'où la connaissez-vous ?

— Je ne la connais point, répliquai-je, mais ma femme, qui, depuis longtemps, vit loin de moi sans qu'aucune aversion nous ait désunis, m'a écrit de faire toucher sa pension à cette Elmasie, qui aurait soin de la lui faire tenir ; je ne puis en être si près sans aller lui rendre un devoir qui me paraît indispensable.

— Vous en serez content, répartit mon ami, c'est elle-même dont je viens de vous faire l'éloge, je veux dès demain vous y présenter.

— Cachez-lui mon nom, lui dis-je aussi ; je suis curieux de pénétrer, sans qu'elle me connaisse, l'opinion qu'elle a de moi ; je veux lui demander des nouvelles de Zélamire, de sa situation, de la vie qu'elle mène, des sentiments qu'elle a pour moi ; je n'ai jamais eu d'éloignement pour elle, nous ne nous sommes séparés que parce qu'elle voulait quitter le monde où je voulais rester ; je serais fâché qu'elle me méprisât ; je veux que ma femme me regarde comme un ami qu'elle ne voit point.

— J'entre dans vos vues, me répliqua mon philosophe, et je les seconderai.

Le lendemain nous exécutâmes notre résolution ; nous allâmes à l'abbaye, nous demandâmes Elmasie ; on nous fit entrer dans un parloir assez obscur ; je fus saisi d'une espèce de frémissement dont je ne pouvais me rendre raison à moi-même ; je redoutais une amie de ma femme, je sentais qu'elle ne pouvait pas avoir pour moi une parfaite estime ; c'est supporter la peine des reproches que de les deviner. J'étais agité de ces pensées, je gardais le silence de l'inquiétude, lorsque la porte s'ouvrit ; je vis entrer une grande femme qui avait le visage couvert d'un grand crêpe, je me sentis ému, mon ami me présenta comme un homme qui tirait parti du malheur pour devenir vertueux. Elmasie soupira, et dit d'une voix languissante :

— Plût au ciel que l'époux de Zélamire imitât cet exemple ! Monsieur ! me dit-elle, je voudrais que vous le connussiez, je désirerais qu'il mît vos fautes à profit pour réparer les siennes, et pour se rejoindre à une femme qui est tombée dans quelques erreurs, qui a pu être blâmable, mais qui n'a jamais été méprisable ; elle a toujours aimé son mari, cette vertu fait sa consolation, et cependant la rend à plaindre.

Ce discours interrompu par des soupirs, ces reproches pleins de tendresse, le son de voix qui les exprimait me dessil-lèrent les yeux en éclairant mon cœur.

— Madame, lui dis-je en tremblant, je sais que Zélamire vous regarde comme son amie, et je vois qu'elle ne se trompe pas.

— Je le suis encore plus de Thémidore, répliqua-t-elle ; Zélamire lui a caché sa tendresse par un excès d'égard, elle a été réservée de peur de l'importuner, elle savait que c'est l'importunité de l'amour qui conduit souvent à la haine ; cependant elle se reproche à présent sa froideur, c'est elle qui a pu causer l'éloignement de son mari ; si elle eût marqué davantage le désir qu'elle avait de lui plaire, elle eût peut-être empêché ses égarements : sans doute il est malheureux ; il va d'écueils en écueils, son infortune doit être au comble par l'humiliation de s'être toujours trompé.

— Non, ma chère Zélamire, m'écriai-je en me jetant à ses genoux, il est au comble du bonheur puisqu'il vous retrouve : revoyez Thémidore, rempli de respect et d'amour pour vous ; le voile de l'erreur qui nous enveloppait tous deux est enfin déchiré ; nous touchons à la vieillesse, mais nous nous aimons, c'est être jeune encore, la raison répare en nous les outrages du temps ; s'il a changé nos traits, la vérité a rajeuni nos âmes, et la vertu va les confondre ; deux époux qui s'estiment à notre âge sont plus heureux que ceux qui ne sont unis que par le feu de la jeunesse, et le caprice des passions.

« Oui, mon cher Thémidore, me dit Zélamire, je pense comme vous, rien ne pourra nous séparer ; nous allons passer nos jours avec le respectable ami qui nous a réunis. La vie que nous mènerons deviendra le modèle du bonheur, notre conversation sera liante sans être fade, nous soutiendrons des

opinions pour nous instruire, et jamais pour nous contredire ;
je jure de vous aimer toujours, c'est un serment que j'ai rempli
d'avance par l'impatience que j'avais de le former ; n'oublions
pas cependant nos faiblesses ; rappelons-nous-les, moins
pour nous en punir que pour en garantir nos enfants ; notre
jeunesse leur a donné le jour, que notre vieillesse leur vaille
un bien plus précieux, qui est la sagesse et le vrai bonheur. »

Après une reconnaissance si tendre nous retournâmes
chez notre ami ; la pureté de notre amour sembla renouveler
notre être : j'adore Zélamire, je la respecte, elle m'aime, nous
sommes convaincus qu'il n'y a que la vertu seule qui donne
la vraie félicité ; soyez-en persuadé, mon fils, connaissez-la,
soyez-en digne, et je serai toujours heureux.

Telle fut l'instruction de Thémidore à son fils ; je ne sais
pas s'il en devint plus raisonnable, on en peut douter ; car
M. de Fontenelle[1] dit que les sottises des pères sont perdues
pour les enfants, et je vois tous les jours qu'il a dit vrai.

---

1. Bernard Le Bovier de Fontenelle (1657-1757), neveu de Corneille, qui
commença par se faire une réputation de bel esprit et se rendit célèbre par ses
traités de vulgarisation scientifique, comme les Entretiens sur la pluralité des
mondes (1680).

# Histoire de Zélamire

Je suis engagé maintenant à raconter l'histoire de Zélamire ; c'est ce que je vais faire sans aucun préambule, de peur d'ennuyer : car j'ai remarqué que je suis quelquefois sujet à ce petit accident.

« Ma chère fille, dit-elle un jour à la jeune Aldine ; je suis votre mère, vous avez quinze ans, vous êtes jolie, et cependant je suis votre amie. Je vais vous en donner la preuve en vous confessant toutes mes faiblesses : je vous connais assez d'esprit pour craindre que vous ne tombiez dans beaucoup d'erreurs. Mon premier soin pour vous en garantir a été de vous donner une éducation différente de la mienne. On m'a tenue dans un couvent jusqu'au temps de mon mariage : j'ai voulu vous élever sous mes yeux ; c'est un parti qui ne laisse pas que d'avoir ses inconvénients. Une fille qui accompagne sa mère est ordinairement droite, silencieuse, méprisante et caustique ; elle se tait, elle observe, elle récapitule, elle sourit et rougit souvent mal à propos ; et de fille dédaigneuse elle devient, en se mariant, impolie par faux air, contrariante par humeur, et facile pour paraître au-dessus du préjugé.

J'ai prévu tous ces dangers, et pour les prévenir, j'ai cherché à ne pas vous en imposer. Je vous ai menée dans le monde, je vous ai même permis d'y parler, et en vous faisant craindre la honte de dire des sottises, je vous ai empêchée de critiquer celles que l'on disait : on a de l'indulgence pour les autres lorsque l'on croit en avoir besoin pour soi-même. Je vous ai laissée dire des naïvetés sans vous en reprendre ; j'en ai laissé le soin au rire de ceux qui les entendaient ; je pense même qu'on doit avoir bonne opinion d'une fille à qui il échappe quelques propos risibles. Si elle n'en tenait aucun, je la soupçonnerais d'être un peu trop instruite ; il faut bien que la naïveté soit une décence dans une fille ignorante, puisqu'elle devient un art dans une fille qui ne l'est pas.

Jusqu'à présent vous avez rempli mes vues : votre caractère est liant, vous avez de la simplicité dans les propos, et de l'esprit dans le maintien : voilà les vertus extérieures de votre état. Mais vous en allez bientôt changer ; je suis sur le point de vous marier ; vous n'avez pas assez d'expérience pour éviter tous les travers que la fatuité des hommes et la malignité des femmes préparent à une jeune personne qui, dans le monde, est livrée à elle-même ; c'est pour vous en instruire que j'ai voulu vous entretenir et vous confier tous les écueils dans lesquels je suis tombée.

Ma première sottise a été d'aimer mon mari sans me donner la peine de le connaître. On peut être presque sûr qu'une femme qui fait la faute d'aimer son mari au bout de huit jours fera celle de ne plus l'aimer au bout d'un an. Rien ne prouve tant un fonds de tendresse dans le cœur, et vous croyez bien qu'une femme tendre n'a pas beau jeu avec un homme qui ne l'épouse que par ce qu'on nomme dans le monde convenance. On traite une femme que l'on prend pour son bien, comme on traite une terre qu'on achète pour son revenu ; on y va passer huit jours par curiosité, on en touche l'argent et l'on n'y retourne plus ; cela est humiliant : il arrive que ce sont des étrangers qui font valoir et la terre et la femme. Voilà, à peu de choses près, le commencement de mon histoire.

J'en reviens à mon couvent ; j'y étais caressée, gâtée et ennuyée ; les religieuses me confiaient tous leurs petits secrets, les vieilles me disaient du mal de la dépositaire, et les jeunes me disaient du bien de leur directeur : il y a des plaisirs pour tous les âges.

Ma mère vint un jour m'annoncer qu'elle allait me marier : cela fit un grand effet dans ma tête ; j'en parlai le soir à mes chères amies, la mère Saint-Chrysostome et la mère de la Conception, qui me firent par conjectures un portrait du mariage à faire mourir de rire ; rien ne fait tant dire de sottises que l'envie d'en deviner une. Deux jours après je leur dis adieu, en leur promettant que dès que je serais mariée, je viendrais leur communiquer mes connaissances, et seconder leur pénétration de mon expérience. Le jour de mes noces arriva, et quoique j'eusse été prévenue par ma mère, je ne puis vous cacher, ma fille, que je fus étonnée ; je vous promets que vous le serez aussi. Votre père m'importuna beaucoup pendant les premiers mois ; il eut ensuite plus d'égards, je ne sais comment cela se fit ; je l'aimai vivement tant qu'il fut importun, je me refroidis quand il fut attentif ; il s'en aperçut, il devint froid aussi, et sur cet article nous jouâmes bientôt à fortune égale ; dès qu'il n'eut plus de sentiments, il me débita des maximes : un mari ne tarde guère à n'être qu'un pédant, avec qui on passe la nuit. Il voulut me présenter aux amis de ses parents. Rien n'est si cruel que des amis de famille : ce sont pour l'ordinaire de vieilles figures qui usurpent ce titre, parce que, depuis trente ou quarante ans, ils ennuient une maison de père en fils.

La plupart de ceux qui venaient dans la nôtre étaient des gens à gros visages, qui mangeaient beaucoup et qui ne parlaient point, qui digéraient bien et qui pensaient mal ; c'étaient des conseillers fort honnêtes gens, qui se couchaient à onze heures du soir, pour être au palais le lendemain à sept ; des femmes qui se portaient bien, et qui prenaient du lait par précaution ; des filles qui vivaient de régime pour trouver à s'établir, en se donnant un air de raison, et quelques gros abbés plats et galants, qui faisaient des déclarations d'amour, et qui ne voulaient pas faire celle de leurs biens. Je pensai périr de tristesse, et je fus très certaine que lorsqu'on viendrait chercher la Félicité chez mon beau-père, on serait obligé de se faire écrire pour elle.

Je fis connaissance avec des femmes de mon âge ; je les crus mes amies, parce que j'allais tous les jours au spectacle avec elles sans leur parler, et que nous soupions ensemble dans quelque maison où la maîtresse, désœuvrée jusqu'à dix heures, attendait tristement quatorze ou quinze personnes qui ne se convenaient guère. On y faisait la meilleure chère du monde ; mais la conversation était presque toute en lacunes : elle consistait dans quelques paroles vagues, qui étaient, pour ainsi dire, honteuses de rompre le silence général, et qui cependant avaient des prétentions à former l'entretien : on y répondait par quelque plaisanteries plates et détournées, par quelques jeux de mots, suivis de grands ris tristes et forcés, qui ne servaient qu'à faire sortir l'ennui. La gaieté est une coquette, elle refuse ses faveurs lorsqu'on veut les lui arracher. De tous les êtres féminins, c'est celui qui se laisse moins violer.

Enfin on sortait de table, au grand soulagement de tous les conviés : car il n'y a rien de si ennuyeux que des cercles, et presque tous les soupers ne sont pas autre chose ; on jouait jusqu'à trois heures du matin, et l'on se séparait, persuadé qu'on s'était amusé. Pour moi, qui n'ai pas l'imagination vive, je me retirais chez moi, bien convaincue que, lorsqu'on est quatorze, le bonheur ne s'y trouve jamais en quinzième.

Je rêvais perpétuellement au peu de Félicité qu'on trouve dans le monde ; je renonçai aux maisons ouvertes, et je me formai une société. Ce serait là sans doute qu'on trouverait le bonheur, si l'on était certain de ceux qui la composent ; mais on ne se connaît que pour s'être rencontrés, on ne se juge que par conjectures, on ne se lie que par prévention ; on en rabat à l'examen, on se confie par besoin, on se trahit par jalousie : la tracasserie se met de la partie, et mine sourdement ; la prétendue amitié se découd, la société se disperse, on se voit de loin en loin, et lorsqu'on se trouve, on se caresse et l'on se déteste. Je m'étais cependant conservé deux personnes dont je me croyais sûre ; c'étaient une vilaine femme et un bel homme ; la femme se nommait Célénie, et l'homme Alménidore : je jugeai à Célénie un fort bon caractère, parce qu'elle avait de petits yeux, et je pris Alménidore pour le plus honnête homme du monde, parce qu'il était bien fait.

Parmi tous les jeunes gens qui me faisaient la cour, c'était celui dont les hommages me flattaient le plus ; ses regards étaient tendres, et je croyais que c'était son cœur qui les rendait tels. Ses discours remplis des louanges les plus fades, étaient, selon moi, dictés par le discernement le plus juste et le plus délicat ; il me jurait qu'il m'adorait : cela me paraissait une vérité incontestable ; quand je voyais des hommes en dire autant aux autres femmes, cela me paraissait une raillerie trop grossière. Alménidore ne me vantait jamais, sans rabaisser les autres : louer une femme par comparaison est une façon immanquable de lui tourner la tête ; cela flatte sa jalousie et sa vanité : il n'en faut qu'un des deux pour lui faire accroire qu'elle a le cœur tendre.

Alménidore avait encore un talent bien dangereux ; c'était celui d'être amusant ; c'est de quoi l'on ne peut guère se garantir : quand vous serez dans le monde, ma fille, ne craignez jamais les hommes qui seront réellement amoureux : il n'y a rien de si triste que ces messieurs-là ! tous ces hommes à sentiments, qui ont de grands yeux blancs et fixes, qui poussent de gros soupirs, et qui sont toujours prêts à se tuer pour ramasser un éventail, ne sont nullement à craindre ; leur ridicule commence par faire rire, et finit par excéder.

Mais défiez-vous de ceux qui ont assez de sang-froid pour épier et découvrir nos faibles, qui ont assez peu de sentiments pour faire usage de leur esprit, qui sont plus galants que tendres, qui ne font jamais de déclarations, de peur d'effaroucher, et qui vont chez les femmes pour les avoir, et non pour les aimer.

Voilà ceux qui possèdent vraiment le grand art de séduire ; lorsque l'on est sans expérience, on ne les soupçonne de rien, on ne les regarde que comme des connaissances aimables, on rit avec eux sans scrupule, on s'accoutume à les voir, on a peine à s'en passer ; ils s'en aperçoivent, ils suivent toutes les gradations de la sensibilité, ils arrangent leur marche en conséquence, et la tête d'une femme est prise, avant que sa main soit baisée. »

Aldine, en cet endroit, interrompit Zélamire, pour lui faire cette question :

— Ma mère, Alménidore n'était-il pas amusant ?

— Il l'était beaucoup, ma fille, répondit Zélamire ; mais par bonheur pour moi il devint amoureux : celui qui m'en fit apercevoir fut une grosse bête, ami de mon mari, qui se répétait sans cesse, et que par conséquent personne ne répétait. On peut s'en rapporter aux sots pour remarquer tout ; ils n'ont que cela à faire. Ils sont espions par malignité, et indiscrets par besoin de conversation. Celui-là me parla si souvent de l'amour d'Alménidore que je commençai à m'en douter ; je remarquai qu'il était moins gai, quoiqu'il voulût le paraître davantage, et qu'il prenait bien plus de libertés avec les autres femmes qu'avec moi. Je ne pus m'empêcher en secret de lui en savoir gré ; je causais quelquefois avec lui ; il devenait sérieux, et j'aurais été fâchée s'il eût été plaisant ; autrefois, il me disait sans conséquence qu'il m'adorait, et pour lors il rougissait du nom d'amour. Ces découvertes ne m'affligèrent point, je me défiai de ma faiblesse, je soupçonnai, je m'examinai, et je me convainquis. Il ne me restait de raison que ce qu'il m'en fallait pour être sûre que j'en avais beaucoup perdu, j'en eus cependant assez pour craindre les suites de mon penchant, et pour vouloir en arrêter les progrès.

Je questionnai mon ami la bête, pour savoir ce qu'on pensait de moi ; il me répondit qu'il n'y avait qu'une voix sur mon compte, et qu'il passait pour constant que j'avais pris Alménidore : cependant je gardais trop peu de ménagements pour être condamnée ; on prend plus de mesures lorsque l'on est d'accord ; je demandai si mon mari avait quelques soupçons.

« Ah ! bon Dieu, oui, me répondit-on, il est le premier à en plaisanter. »

J'en fus piquée, je l'avoue : il n'y a rien de si incommode qu'un mari trop jaloux ; il n'y a rien de si humiliant qu'un mari qui ne l'est pas assez ; mon amour-propre se révolta au profit d'Alménidore ; j'en vins même jusqu'à lui faire des agaceries en présence de Thémidore ; mais Thémidore n'en était pas ému ; il s'en applaudissait au contraire ; il paraissait me remercier ; il me lançait les épigrammes d'un homme plaisant, et jamais il n'y en avait une seule d'un homme piqué. J'étais outrée ; et dans ces dispositions, Alménidore me trouva seule. Vous tremblez pour moi, ma fille ; rassurez-vous, vous allez voir qu'il y a des vertus que l'on doit au hasard. Je commençai par prendre la chose au tragique ; je priai Alménidore de mettre fin à ses visites, que je n'ignorais point tous les propos qu'occasionnait son assiduité, et que j'y voulais mettre ordre.

— Madame, me répondit-il, si je n'étais pas votre ami, et si j'étais de ces petits-maîtres qui ne veulent que se donner l'air d'une bonne fortune, je vous obéirais avec plaisir ; mais je suis trop honnête homme pour cesser de vous voir ; ce serait vous perdre de réputation : votre mari ne sera jamais accusé de vous l'avoir défendu, il ne vous fait pas l'honneur d'être jaloux.

Alménidore me dit ces derniers mots d'un air ironique.

— Monsieur, lui répondis-je, cela ne peut prouver que l'excès de sa confiance.

— Cela prouve encore plus, répliqua Alménidore, son manque de sensibilité : voilà de ces choses impardonnables dans un mari ; et quand on ne les pardonne point, poursuivit-il d'un ton plus doux, il est aisé de les punir ; mais pourquoi lui voudrais-je du mal, c'est lui qui, par ses plaisanteries déplacées, vous a fait rougir le premier de mon amour ? Mon respect m'aurait toujours empêché de vous en instruire ; votre mari m'en a épargné la peine : je le regarde comme mon bienfaiteur.

— Il me paraît, lui dis-je, que vous voulez lui marquer votre reconnaissance d'une façon bien singulière ?

— Madame, dit Alménidore, l'équité me presse plus à son égard, que la reconnaissance.

— Pour moi, monsieur, lui répondis-je, je ne suis point curieuse de pénétrer dans vos motifs ; mais je sais ce que je dois à moi-même, et je vous défends de me revoir.

— Vous voulez apparemment, repartit Alménidore, passer pour volage, après avoir passé pour sensible ?

Cela vous fera plus de tort que vous ne pensez, madame ; sans doute que je n'ai pas le bonheur de vous plaire ; je vois que je vous importune ; mais on ne le croit pas ; ceci aura tout l'air d'une rupture, je vous en avertis.

— C'est-à-dire, lui répliquai-je, que pour prévenir une telle opinion, vous voudriez que cela prît le tour d'un arrangement.

— Madame, me répondit-il, votre réputation y est trop intéressée, pour que je ne le désire pas.

— Voilà qui est admirable, m'écriai-je ; il va me prouver que je dois manquer de vertu, afin que l'on m'en croie.

— C'est, me dit-il, la façon la moins pénible, et peut-être la plus sûre de se faire estimer ; si nous cessons de nous voir, on sera convaincu que nous nous sommes vus comme amants, et si nous nous voyons toujours, on se persuadera que nous ne pouvons nous voir que comme amis.

— Mais il me semble, lui répondis-je, qu'entre homme et femme, on ne croit guère à l'amitié.

— Du moins, reprit-il, vous y croyez, madame.

— Comme cela, lui répliquai-je.

— Comment, s'écria-t-il, serais-je assez heureux pour que vous ne fussiez pas mon amie ?

— Voilà un bonheur d'une nouvelle espèce, lui dis-je.

— Madame, poursuivit-il, cela en serait bien plus tendre.

— Vous êtes insupportable avec vos conséquences, lui repartis-je d'un air embarrassé.

— Me défendrez-vous toujours de revenir, me dit-il d'un ton languissant ?

— Alménidore, lui répondis-je, en portant ma main sur mes yeux, que vous connaissez bien mon faible !

En cet instant nous nous tûmes, et nous nous regardâmes ; il tourna la tête du côté de la porte, apparemment pour savoir si elle était fermée, et par bonheur, Célénie l'ouvrit et vint nous interrompre.

— Vous ne disiez plus rien, dit Aldine à sa mère, comment vous interrompit-elle ?

— Ma fille, lui répondit Zélamire, vous éprouverez peut-être un jour que dans un tête-à-tête on n'est jamais interrompu davantage que lorsqu'on ne dit rien.

Je ne pus pas douter de mes sentiments pour Alménidore, et je m'y serais livrée de plus en plus, si l'on ne m'eût pas avertie que cette Célénie, que je croyais mon amie, était ma rivale, et ma rivale préférée : on m'offrit de m'en convaincre, j'eus la faiblesse d'y consentir ; on me cacha dans l'appartement même de Célénie : elle ne fut pas longtemps sans y venir avec Alménidore ; la conversation ne fut pas longue : je le vis dans les bras d'une femme qu'il déchirait si cruellement en ma présence. À ce spectacle, je pensai m'évanouir ; ma fureur seule m'en empêcha. J'entendis le perfide me donner cent ridicules, et surtout me plaisanter sur ma crédulité ; ma rivale faisait à chaque instant de grands éclats de rire, il n'y avait que la joie qui interrompait le plaisir, J'eus la patience de les laisser sortir ; je me crus corrigée, je n'étais qu'humiliée : je bannis Alménidore sans retour ; il m'avoua qu'il n'avait aucun goût pour Célénie ; et il ne se justifia qu'en me disant que c'était une femme qui lui faisait du bien. Ce fut alors que j'appris, pour la première fois, que l'argent supplée souvent aux charmes ; je sentis qu'on doit plaindre les femmes qui en donnent, et mépriser celles qui en reçoivent ; je quittai mon système de sentiment pour trouver le bonheur ; mais je ne sus comment le remplacer, et je fus incertaine si je me ferais dévote ou bel esprit : car il n'y a personne qui tous les ans n'ait le choix d'une réputation nouvelle.

Une femme de notre voisinage qui était sage avec éclat, et tendre avec mystère, pensa m'attirer dans son parti ; elle avait été assez belle, pour avoir été trompée dans sa jeunesse par plusieurs agréables ; après en être devenue la fable, elle s'en était détachée, et avait fait les honneurs de sa nation à quelques ministres étrangers, qui l'avaient trouvée fort étrange : de là elle s'était retirée dans une province, où elle se livrait à des officiers subalternes, qu'elle entrelardait pieusement de quelques bêtes à froc ; car dans tous les temps les moines ont été les troupes auxiliaires des femmes dérangées ; elle me confia tous ses secrets, et m'avoua ingénument qu'il n'y avait que les révérends pères qui eussent pu la fixer. Cela ne m'étonna point ; elle n'était plus jolie, et quand une femme est changée, elle cesse d'être changeante.

Je ne me trouvai point assez voluptueuse pour me faire dévote, je me décidai pour le bel esprit ; je vis bientôt que c'est un état dans le monde : j'examinai les ouvrages de la plupart de ceux qui avaient examiné mes actions ; je fus recherchée, considérée, citée ; on vanta mes jugements, et jamais mon jugement ; à la fin je m'ennuyai de ne voir que des beaux esprits, qui très souvent manquaient d'esprit : je crus que je trouverais plutôt le bonheur avec des gens aimables ; je voulus les attirer, je voulus les séduire ; et sans m'en apercevoir, je donnai dans la coquetterie ; j'éprouvai que c'est un chemin où l'on trouve des fleurs et point de fruits : on marche toujours, l'on n'arrive jamais, et la réputation y fait naufrage en pure perte ; je fus bien convaincue que ce n'était qu'un plaisir de dupe.

On ne se corrige que par les extrêmes, je voulus être réservée, et je fus prude ; je me mis entre les mains d'une petite femme qui avait un air sec, un teint pâle et une voix aiguë. Elle m'assura qu'elle avait trouvé le bonheur ; j'en fus surprise, je me défiais un peu du bonheur d'une femme sans rouge. Cependant je demandai en quoi il consistait. Dans la vertu, reprit-elle avec un ton suffisant ; venez chez moi, liez-vous avec mes sociétés, vous y trouverez cette Félicité qui vous est inconnue. Je la suivis, et je m'en repentis ; je me trouvai confondue avec un amas de commères, qui avaient le maintien droit et l'esprit gauche, vives par tempérament, et bégueules par décence ; elles prononçaient le nom de vertu, même en s'y dérobant ; elles succombaient plus au danger de l'occasion, qu'au charme du penchant ; mais leur faiblesse passée, elles reprenaient leur fierté pour en accabler froidement celui qui venait de la faire disparaître. Je renonçai à ce bonheur, je m'étais ennuyée de la coquetterie, qui est une fausseté gaie ; je fus révoltée de la pruderie, qui est une fausseté triste et tracassière : car la tracasserie n'habite que chez les prudes et chez les grands.

Je m'étais si souvent trompée que je ne sus plus à quoi me déterminer : rien n'humilie tant la vanité que les méprises de l'amour-propre. Je tirai cependant un jugement favorable de ce qu'aucune de mes fautes n'avait pu me plaire : on n'est jamais sans espérance de trouver la vérité lorsqu'on n'a pas rencontré une erreur qui contente. Je voulus essayer de vivre plus en société avec votre père : il s'y prêta avec assez de grâce ; il ne vécut avec moi ni comme mari ni comme ami, mais comme une connaissance aimable ; nous ne nous estimions pas assez pour vivre ensemble : il me disait des choses galantes, qui cependant n'avaient aucun objet ; en un mot il se conduisait comme un homme qui n'a ni droits ni prétentions. Je me souviens qu'un jour il me trouva lisant une brochure intitulée Le je ne sais quoi.

— Je connais cet ouvrage, me dit-il ; l'auteur y fait un grand éloge de ce je ne sais quoi, et l'auteur a tort ; le je ne sais quoi est toujours vu en beau, et serait toujours vu en laid, si on le connaissait bien. C'est à tort que l'on nomme ainsi le trouble de deux cœurs qui voudraient s'unir. Qu'un amant adore une femme aimable, ce qu'il sent pour elle, il sait bien quoi ; ce qu'il voudrait lui dire, il sait fort bien quoi ; et ce qu'il voudrait faire pour lui en donner des preuves, il sait encore mieux quoi. Cette femme que je suppose n'avoir jamais aimé, est touchée de l'amour de cet amant ; elle nous tromperait si elle nous disait qu'elle ne sait pas ce que c'est que ce sentiment qui se développe en elle ; elle y résiste, elle veut l'éviter, elle sait bien pourquoi.

— Quel est donc ce je ne sais quoi, lui dis-je ?

— C'est, me répondit-il, le serment qu'une femme fait d'aimer son mari qu'elle ne connaît point : comme il n'est fondé sur rien, c'est déjà un je ne sais quoi ; c'est le plaisir que le mari prétend lui procurer, qui est encore un je ne sais quoi, parce qu'il n'y a que l'amour seul, qui n'est presque jamais entre eux, qui fait savoir ce que c'est que ce bonheur ; c'est la jalousie de ce mari, qui est souvent fondée sur je ne sais quoi, et son déshonneur prétendu, attaché à la conduite de sa femme, qui est le plus je ne sais quoi de tous. Ainsi, puisque vous le voulez savoir, le je ne sais quoi est le génie des maris.

Je ne pus m'empêcher de rire de cette peinture, surtout dans la bouche de Thémidore ; je ne sais rien de plus ridicule qu'un mari petit-maître : ses façons légères semblent défier une femme d'avoir un attachement ; je ne conçois pas que ce puisse être une vertu que de ne lui pas manquer, puisque c'est une justice que de lui être infidèle. Enfin Thémidore eut assez peu de ménagements pour vouloir me raccommoder avec Alménidore : j'en fus surprise, je l'avoue, et le peu d'obstacles qu'il trouva en moi me fit sentir son imprudence. On arrangea un souper. Alménidore m'y parut plus volage et plus aimable que jamais. Célénie y était aussi ; elle n'aimait plus Alménidore, et s'amusait toujours avec lui : le goût qu'il lui avait inspiré était totalement passé ; elle ne s'en cachait pas. Voilà la différence qui est toujours dans la conduite des hommes et des femmes. Un homme qui a une affaire réglée ne se fait pas un scrupule de saisir toutes les occasions que le hasard lui donne. Une femme est plus délicate, mais elle aime peut-être moins longtemps : en général, les femmes sont plus inconstantes, et les hommes plus infidèles.

Notre souper fut charmant : Célénie fut aussi gaie qu'une femme qui ne doit ses conquêtes qu'à sa beauté ; je devins son intime amie, et je sentis que cette union entraînait nécessairement le pardon d'Alménidore ; je ne pus cependant pas m'empêcher de lui faire des reproches très amers ; mais il me répondit que cette aventure n'était qu'un badinage : ce mot occasionna une dissertation qui fut appuyée sur plusieurs exemples, et ces exemples me démontrèrent clairement qu'à moins que d'assassiner, tout est badinage dans le monde.

Notre partie fut suivie de plusieurs autres.

Thémidore plut à Célénie ; heureusement pour elle, Thémidore avait beaucoup perdu au jeu, il avait besoin de ressources par conséquent : il trouva que Célénie avait encore de la fraîcheur. Il se vanta de nos soupers, il lui paraissait délicieux de se trouver en partie carrée avec sa femme ; il avait une maison de campagne, nous y allâmes passer quelques jours. Alménidore, à force de m'amuser, recommença à m'occuper ; il était si gai quand il me voyait que j'étais triste quand je ne le voyais pas ; je croyais même que ma tristesse faisait partie de ma reconnaissance ; Célénie était ordinairement présente à tous nos entretiens.

Alménidore me demanda un jour si nous ne pouvions pas nous en passer : je répondis que cela était impossible, et cependant depuis cette question, je la trouvai toujours de trop : je lui faisais plus de politesses et moins d'amitiés ; plus elle m'importunait, plus je voulais le lui cacher ; je croyais lui faire des caresses, et je ne lui faisais que des compliments. Apparemment qu'elle s'en aperçut ; elle manqua un jour au rendez-vous ; je me trouvai seule avec Alménidore ; je fus d'abord effrayée ; il me donna tant de paroles d'honneur qu'il serait sage qu'il me rassura ; le temps était beau, il me proposa une promenade ; je crus, après tous les serments, la pouvoir hasarder. Il commença adroitement par être fort enjoué ; en m'amusant, il étourdit mes craintes ; insensiblement il fit tourner la conversation sur le sentiment ; il avança des propositions que je voulais réfuter, il les soutint ; en les prouvant, il se rendit intéressant ; je l'écoutai, je devins rêveuse, et je ne répondis qu'en soupirant, je m'aperçus de mon trouble ; je voulus retourner sur mes pas, mais nous nous étions égarés dans le parc qui était fort grand, et que je ne connaissais pas.

— Voilà qui est affreux, m'écriai-je ! Que va-t-on penser de moi ? En vérité cela n'est pas raisonnable.

— Ah ! me dit-il, vous ne vous êtes tant écartée que par distraction.

— Il est vrai, repris-je, que ce n'était que dans la vue de faire de l'exercice.

— Pour moi, poursuivit-il, je ne me suis égaré que parce que je ne pouvais pas faire autrement : je suis si attentif à vous regarder, à vous entendre, à vous persuader, que je ne m'aperçois ni du lieu où je suis ni des routes qui peuvent m'y avoir conduit ; à vous dire le vrai, madame, continua-t-il, quand j'ai l'honneur d'être avec vous, je songe beaucoup plus à faire mon chemin qu'à retrouver le vôtre.

— Alménidore, répliquai-je, voilà un propos qui ne va qu'à une petite-maîtresse ; je suis fâchée que vous me regardiez comme telle.

— Il s'en faut bien, madame, reprit-il aussitôt, si je ne vous aimais pas, il y a longtemps que je vous aurais convaincue.

— Mais en effet, lui dis-je pour détourner la conversation, je crois que vous avez abusé bien des femmes.

— Celle qui les venge, me répondit-il, me les fait oublier.

— Je m'aperçus qu'il rougit en disant ces mots, je ne fis pas semblant de le remarquer ; au contraire, je lui reprochai d'avoir été toujours trop entreprenant, et de s'être déclaré trop brusquement.

— Lorsque j'en agissais ainsi, repartit-il, je n'aimais pas ; j'éprouve que lorsqu'on a une véritable passion, on n'ose pas la faire deviner.

— Alménidore, dis-je, d'un air un peu troublé, changeons de conversation.

— Vous voyez bien que vous en êtes l'objet, répondit-il, en me baisant la main.

— Ah ! Monsieur, lui dis-je, en la retirant brusquement, mais cependant pas autant que je l'aurais pu, je ne puis pas souffrir ces façons-là.

— Voilà la première fois, poursuivit-il, que je vois une femme aimable s'offenser vivement de la justice qu'on lui rend.

— Ce mot de vivement est de trop, répliquai-je, je serais très mécontente de moi si je ne me fâchais pas froidement.

— C'est-à-dire, reprit-il, que vous me méprisez.

— Mais, monsieur, m'écriai-je, où avez-vous pris qu'on vous méprise ?

— C'est dans votre sang-froid, dit-il, qui est insultant à force d'être dédaigneux.

— Ne dirait-on pas, répondis-je, que l'estime et l'amitié sont quelque chose de bien chaud ? Je vous estime, monsieur ; je veux bien être votre amie, mais il faut que vous ayez la bonté de vouloir bien en rester là.

— Je voudrais pouvoir vous obéir, répondit-il, mais cela n'est pas en moi ; ainsi je ferai mieux de prendre demain la poste et de m'en retourner.

— Comment, monsieur, lui dis-je, vous prétendriez me laisser ici entre Célénie et mon mari ? En vérité, vous voulez me faire jouer un joli personnage.

— Madame, répliqua-t-il, je vous en proposais un autre qui n'était pas si indécent.

— Alménidore, lui dis-je, asseyons-nous et parlons sensément.

— J'y consens, reprit-il.

(Je fis une faute de m'asseoir ; et je ne vous le dis, ma fille, que pour vous avertir d'y prendre garde quand vous serez seule avec un homme.)

— Eh bien, madame, me dit Alménidore, me voilà prêt à vous entendre.

— Parlez-moi avec vérité, lui dis-je, quel est votre but ?

— Mon but, reprit-il, était de vous plaire, je vois bien que je n'y parviendrai pas à présent, mon dessein est de ne vous plus aimer ; je sens trop que le second projet ne réussira pas mieux que le premier.

— Mais, m'écriai-je, quelle est cette idée-là de m'aimer, car je jurerais que cet amour s'irrite par la contradiction ?

— Ah ! Madame, me dit-il, ne m'accablez pas par vos doutes, c'est bien assez de vos rigueurs ?

— Par exemple, lui dis-je, pour le consoler un peu, je vous crois fort honnête homme, mais je vous juge bien léger.

— Est-ce à vous, madame, reprit-il, à reprocher des défauts dont vous corrigez ?

Il me prit la main, je la lui laissai ; il la baisa, je me troublai, je m'en aperçus ; apparemment que je me défendais mal, car Alménidore me pressait davantage, mais cependant avec une vivacité mêlée de crainte ; je voulus l'intimider encore, en feignant de me fâcher.

— Ah ! Pour le coup, monsieur, lui dis-je, c'est pousser le manque de respect trop loin.

Il se ralentit à ces mots ; j'étais rouge, il l'imputa à ma colère, je crois qu'il se trompait ; il me demanda le sujet qui m'irritait ; je le traitai d'impertinent ; ce mot le rendit immobile, et son immobilité me rendit la raison ; j'eus honte d'avoir été si près du danger ; je prenais le parti de m'éloigner, lorsque j'aperçus très près de nous Thémidore assis sur le gazon à côté de Célénie. Il ne me dit rien, mais je crus remarquer qu'il me raillait par ses regards ; je commençai à craindre qu'il n'eût été à portée d'entendre notre conversation, et je n'en pus pas douter le lendemain, car il nous proposa une promenade, et nous conduisit dans le même endroit, où nous trouvâmes un poteau nouvellement placé, sur lequel je vis ces mots écrits en très gros caractères : Route de l'occasion perdue.

— Il y a peu d'allées couvertes, dit-il à Alménidore, qui portent le nom de celle-là.

Alménidore fut interdit, et je fus confondue. Nous quittâmes la campagne le lendemain : je ne cessai pas de faire des réflexions ; je m'accablai moi-même de reproches ; la certitude où j'étais que Thémidore était instruit de ma faiblesse me le rendit insupportable : je lui déclarai que j'étais entièrement dégoûtée du monde, et que je voulais me retirer dans une de ses terres : nous nous séparâmes amicalement ; je le priai de m'oublier : je cherchai un asile dans l'abbaye de ***, où, sous le nom d'Elmasie, je touchai la pension que je m'étais réservée.

J'appris depuis ce temps toutes les adversités de Thémidore, j'en fus attendrie ; j'oubliai tous ses procédés ; je pense que dès que l'on est malheureux, on cesse d'avoir tort. Nous nous sommes retrouvés, nous nous sommes réunis, nous sommes convenus de nos faiblesses : les avouer c'est vouloir s'en corriger.

Depuis que nous vivons, je sens le calme renaître dans mon âme, je commence à connaître que je suis dans la route du bonheur. Deux époux se retrouvent toujours, il n'y a qu'un amour pur qui puisse rendre constamment heureux : nous jouissons d'une félicité parfaite, parce que nous jouissons de nous-mêmes, et que nous sommes parvenus à nous estimer. »

Après ce récit, Aldine tint ce discours à Zélamire :

« Ma mère, je vous suis assurément bien obligée de vos instructions, j'espère que vos expériences me suffiront ; mais je ne puis m'empêcher de vous dire que vous l'avez échappé belle. »

# Table des matières


Histoire de la Félicité         7

Histoire de Thémidore         9

Histoire de Zélamire         25

www.grandsclassiques.com

ISBN ebook : 9782512008316
ISBN papier : 9782512009511
Dépôt légal : D/2018/12603/123

Couverture : © Hélène Massart

Conception numérique : Primento, le partenaire numérique
des éditeurs